Johann Joachim Eschenburg

Die Sklavin und der großmütige Seefahrer

Eine Operette nach dem italienischen

Johann Joachim Eschenburg

Die Sklavin und der großmütige Seefahrer
Eine Operette nach dem italienischen

ISBN/EAN: 9783743478466

Hergestellt in Europa, USA, Kanada, Australien, Japan

Cover: Foto ©Andreas Hilbeck / pixelio.de

Weitere Bücher finden Sie auf **www.hansebooks.com**

Die Sclavin

und

der grosmüthige

Seefahrer.

Eine Operette

nach dem italiänischen.

Die Musik ist von Hrn. Piccini.

Mannheim,

bey C. F. Schwan, Churfürstl. Hofbuch
händler 1773.

─────

Wer die Muſik zu der vorigem
Winter hier auf dem Churfürſt‑
lichen Opern ‑ Theater mit ſo
vielem Beyfall aufgeführten Operette Gli
Stravaganti kennt und gehört hat, dem
wird es gewis nicht unangenehm ſeyn,
ſelbige auf das deutſche Theater gebracht
zu wiſſen.   Die italiäniſche Operette ſelbſt
hat mit gegenwärtiger auſſer der Anlage,
die überhaupt nicht viel ſagen will,
ſehr wenig ähnliches.   Man hat nur die
Muſik nutzen wollen und iſt alſo von dem
Original ſo oft abgewichen, als es der deut‑
ſche Plan zu erfordern ſchien.   Ein hieſiger
geſchickter Theatraldichter machte zuerſt ei‑
ne franzöſiſche Nachahmung, die auch mit
der Muſik geſtochen worden; dieſe iſt gewiſ‑
ſermaßen, beſonders was die Arien betrift,
hier zum Grunde gelegt worden. Es wird im‑
mer zum voraus geſetzt, daß man den Hrn.
Piccini hören will, wenn man ſich bey

A 3   der

der Vorstellung dieses Stücks einfindet und
nicht den Dichter, auf den man, wenn er
noch so harmonisch gereimt hätte, kaum Acht
haben wird. Bey Originalstücken geht der
Dichter voran und der Componist folgt ihm.
Bey Uebersetzungen aber und Nachahmungen muß sich der Dichter nach der bereits
vorhandenen Musik bequemen; eine Anmer-
kung, die man hier nur um derer willen wie-
derholet, die nicht wissen, was das ist,
eine die zu einer fremden Sprache compo-
nirte Arie zu untersetzen; die vielleicht in
ihrem Leben keine Oper im eigentlichen Ver-
stande gesehen und die also von etwas
mit vieler Zuversicht urtheilen, wovon sie
doch im Grunde nichts verstehn. Man
verzeihe mir diese Ausschweifung und beur-
theile mich nach dem Entzweck, den ich bey
Herausgabe der Operetten habe, welcher
kein anderer ist, als unser hiesiges Publi-
cum zu belustigen, dessen Beyfall mich bis-
her für allem anderwärtigen Tadel schadlos
gehalten. Mannheim im Jenner 1773.

Die Sclavin
und
der grosmüthige
Seefahrer.

Per=

Personen.

Piradino, Capitaine eines Kaufmanns-
Schiffes.

Zulime, seine Sclavin.

Lelio, Sohn eines reichen Kaufmanns.

Madame Citronelli, eine Caffewirthin.

Ein Junge im Caffehause.

Verschiedene Mohren, Botsknechte und
Schifs-Jungen.

Der Schauplatz ist zu Livorno.

Die Musik von dieser Operette ist in der Partitur,
mit untersetzten französischen Arien, bey dem
Musikstecher Götz in Mannheim zu haben.

Erster Auftritt.

Im Grund des Theaters siehet man den Seehafen von Livorno. Auf der einen Seite ein Caffehaus, vor welchem eine grüne Laube befindlich, worin verschiedene Perso nen ab und zu gehen.

Der Capitaine, Zulime, Lelio, Mad. Citronelli.

Mad. Citronelli spielt bey Erösnung des Theaters in der Laube mit den Lelio Schach, der mit den Rücken nach den Hafen zu sitzt und sich von Zeit zu Zeit umsieht. Mad. Citronelli mahlt während dem Spielen Caffe. Bey dem Ritournel des Quatuor kome ein Schif in den Hafen an. Der Capitaine und Zulime steigen ans Land.

Mad. Citronelli.
(Passe almeno un'occhiatina &c.)

Werden Sie denn nicht mehr lachen?
Kann das Spiel Sie mürrisch machen?
Geben Sie der Freude statt!

Lelio.

Lelio.

Nur Gedult! — Schach Ihrem König!
Jetzt schreckt mich Ihr Läufer wenig.
Noch ein Zug, so sind Sie matt.

Der Capitaine.

Siegreich und mit guter Beute,
Bring ich Schiff und Ladung heute
Froh an diese Stadt zurück.

Zulime.

Würd' ich nur in diesem Lande,
Frey von meinem Sclavenstande,
So wünscht' ich kein größer Glück!

Lelio.

Doch, da seh ich Fremde kommen!

Der Capitaine.

Hier kann man Caffe bekommen.

Lelio und der Capitaine.

Welche Schönheit! Sie entzücket!
Ach! ihr Blick dringt bis ins Herz!

Mad.

Mad. Citronelli und Zulime.

Männer sind gar leicht bestricket,
Denn sie lieben nur zum Scherz.

Alle Vier.

Man darf jetzo nicht mehr trauen,
Noch auf Eid und Schwüre bauen:
Denn die Unbeständigkeit,
Ist die Mode unsrer Zeit.

Der Capitaine.

Dem Himmel sey Dank, endlich sind wir
auf dem Lande.

Lelio (zu Mad. Citronelli.)

Matt sage ich Ihnen; matt ohne alle Wi=
derrede!

Mad. Citronelli.

Das wollen wir sehen!

Lelio.

Da ist nichts mehr zu sehen; wir spielen
in allem Ernst. (Er steht auf)

Mad.

Mad. Citronelli (will ihn aufhalten.)
Aber bleiben Sie doch nur —

Lelio.

Der Zug ist einmal gethan, er muß auch
gelten. (Er geht auf den Cápitain und Zulimen zu)

Mad. Citronelli
(stößt das Schachbrett mit Ungestüm von sich.)

Geh nur, geh! — Ich will dir schon einen Streich spielen.

Der Capitaine zu Zulimen.

Ich will mich in diesem Caffehause erkun-
digen, ob nicht hier herum eine anständige
Wohnung für dich zu finden ist.

Lelio
(nachdem er den Capitaine genauer betrachtet.)

Ey! da ist ja mein lieber Schifs-Capi-
taine !

Der

Der Capitaine (umarmt den Lelio.)
Wilkommen! Wilkommen! mein werther
Freund Lelio!

Mad. Citronelli
(vor sich alleine, indem sie noch immer Caffe
mahlet.)
Der Verrdcher! Er kennt alle Leute.

Lelio (zum Capitaine)
Welch ein günstiger Wind führt Sie denn
hieher nach Livorno?

Der Capitaine.
Warlich kein günstiger Wind.

Lelio.
Warum das?

Der Capitaine.
Ein Hund von einem Corsaren machte
Jagd auf mich. Ich habe ihn aber glücklich
aufgebracht. Ich will Euch nachher dieses
alles erzählen.

Lelio

Lelio.

Es ist genug daß Sie glücklich in den Hafen sind. - - Wer ist denn aber dies schöne Frauenzimmer, das mit Ihnen ans Land gestiegen? Ist es etwa Ihre Frau?

Der Capitaine.

Meine Frau? O! mein Freund, der Ehestand schickt sich nicht vor Leute von meiner Lebensart. Dazu muß man festen Ankergrund haben. Es ist meine Sclavin.

Lelio.

Ihre Sclavin? — Gut, ich verstehe Sie schon. Sie ist recht schön.

Der Capitaine (zu Zulimen.)

Du siehest hier den Sohn meines Freundes, Zulime. Sein Vater war ein rechtschaffener Mann, ein reicher Kaufmann, der Theil an dem Schiff hatte, das ich commandire. Umarme ihn - - - macht Freundschaft mit einander.   Lelio

Komische Opern.

Inhalt.

Lelio (umarmt sie.)

Von Herzen gern (bey Seite) das ist ein allerliebstes Mädchen!

Mad. Citronelli (bey Seite.)

Der Bösewicht!

Lelio.

Aber sie ist ja so traurig.

Der Capitaine.

Das macht die Reise, die Seeluft - - - Aber sagt mir doch, mein lieber Lelio, wißt Ihr keine bequeme Wohnung für uns?

Lelio.

Mein Haus steht Ihnen zu Diensten.

Der Capitaine.

Ich danke euch Freund; für meine Person gieng es schon an. Aber — (er zeigt auf Zulimen) Glaubt Ihr wohl, daß es sich schiken würde? —

B   Lelio.

Lelio.

Nun wenn Sie Bedenken tragen, so wird Mad. Citronelli vielleicht in ihrem Caffehause Platz haben. Sie bewohnet die obern Zimmer ioch nicht, seitdem ihr Mann todt ist.

Der Capitaine.

Wie? Ihr Mann ist todt.

Lelio.

Ja, mein Herr Capitaine; sie ist eine Wittwe, und wie sie sehen, eine recht schöne Wittwe.

Der Capitaine
(Klopft ihn auf die Schulter.)

Und der Herr Lelio tröstet sie in ihrem Wittwenstande?

Lelio (zu Mad. Citronelli.)

Nicht wahr; Mad. Citronelli, Sie werden mir die Freundschaft erzeigen und den

Herrn

Herrn Capitaine mit seiner schönen Sclavin in Ihr Haus aufnehmen?

Mad. Citronelli (steht auf.)

Ja, diesem Herrn (auf den Capitaine zeigend) will ich die Freundschaft erzeigen. Diesem Herrn, verstehen Sie mich?

Der Capitaine.
(umarmt Mad. Citronelli.

Sie sind ja ein allerliebstes Weibchen! Ich muß Sie küssen.

Lelio.

Bravo! mein lieber Capitaine; nur frisch geentert! da sieht-man gleich, was ein ächter Seemann ist.

Mad. Citronelli (zum Capit.)

Es steht Ihnen alles in meinem Hause zu Diensten. Ich will sogleich gehen und alles zu Ihrem Empfang zurecht machen lassen. (Sie geht hinein.)

B 2   Der

Der Capitaine.

Und ich will meine Güter ans Land brin=
gen und in unsere künftige Wohnung tragen
lassen. Inzwischen könnt Ihr, mein Herr Le=
lio, mit meiner Zulime nähere Bekanntschaft
machen. (Er geht wieder zurück in sein
Schif.)

Zweyter Auftritt.

Lelio, Zulime.

Lelio (bey Seite.)

Zulime — Zulime — Welch ein ange=
nehmer Nahme! Wie sie so schön ist! Wie
Was für eine glückliche Gesichtsbildung..
(Er nähert sich.) Wie alt sind Sie, mein schö=
nes Kind?

Zulime.

Siebenzehn Jahr.

Lelio.

Selio.

Siebenzehn Jahr! (bey Seite) O Capitaine! (laut.) Sie sehen aber so traurig aus, meine schöne Zulime; was fehlet Ihnen? (Zulime antwortet durch einen Seufzer) Worüber seufzen Sie?

Zulime.

Ueber mein Unglück!

Selio.

Ueber Ihr Unglück? Gerechter Himmel! Ist es möglich, daß ein so schönes Kind in ihrem siebenzehnten Jahr schon unglücklich seyn solte! Wer ist denn Ursach an Ihrem Unglück?

Zulime.

Ich bin eine Sclavin, das ist genug gesagt.

B 3   Selio.

Lelio (bey Seite.)

Sie bezaubert mich! (laut) Ich nehme An-
theil an Ihrem Schicksal.   Es wird noch
Mittel geben, es zu erleichtern.

Zulime.

Daran zweifle ich.

Lelio.

Wenn sich aber nun jemand fände, der sich
Ihrer annehmen wolte.

Zulime.

Und wo solte der wohl anzutreffen seyn?

Lelio.

Sie sehen ihn hier vor sich, schönste Zulime.

Zulime.

Sie scherzen, mein Herr.

Lelio.

Nein Zulime, Ihre Schönheit, Ihre Un-
schuld, Ihr reizendes Wesen haben mich
unver=

unvermerkt so für Sie eingenommen, daß ich
fühle, ich werde künftig nicht ohne Sie leben können.

Zulime.

(Ci vuol poco &c.)

Mich kann nichts so leicht verführen;
Dieser süße Schmeichelton,
Mag verliebte Herzen rühren:
Ich empfinde nichts davon.
Was man mir mag Schönes sagen,
Alle Seufzer, alle Klagen,
Sind wie Töne,
Der Sirene,
Die uns in den Abgrund zieht,
Wenn man nicht bey Zeiten flieht.

Lelio.

Sie laßen mir wenig Gerechtigkeit wi-
derfahren, Zulime, wenn ich Ihnen aber
beweisen könte. ——

Zulime.

Sie werden mir nichts beweisen können.
Weit entfernt mir neue Ketten anzulegen,

den-

denke ich nur daran, diejenige, welche ich schon trage, zu zerbrechen.

Lelio.

Ihr Herr ist mein guter Freund, und ich nehme es auf mich Ihnen Ihr Schicksal zu erleichtern.

Zulime.

Was mein Schicksal als Sclavin betrift; dieses bedarf keiner Erleichterung. Ich habe einen grosmüthigen Herrn, und möchte ihn gegen keinen andern vertauschen.

Lelio.

Aber man könte noch mehreres für Sie thun. Der Capitaine ist alt. . . Ach Zulime, wenn Sie mich lieben könten, was würde ich nicht für Sie thun!

Zu=

Zulime (mit einiger Verachtung.)

Ersparen Sie sich diese Mühe.   Ich er-
kenne den Wehrt Ihres Anerbietens und weiß,
wie hoch ich solchen zu schätzen habe.

Lelio.

Sie wollen mich also nicht glücklich machen.
(Er küßt ihr die Hand.)

Zulime.

Dort komt der Capitaine; ich hoffe Sie
werden nicht wollen, daß er ein Zeuge Ihrer
Ausschweifung seyn soll.

Dritter Auftritt.

Der Capitaine, Mad. Citronelli, Le-
lio, Zulime.

Der Capitaine (zu zwey Matrosen, die ihm
eine Kiste nachtragen.

Traget sie in dieses Haus. --- Endlich
ist alles in Ordnung.

B 5   Mad.

Mad. Citronelli.

Sie können Ihre Zimmer beziehen, wann es Ihnen gefällig ist.

Der Capitaine.

So wollen wir uns dann hier vor Anker legen. Komm Zulime, nun kanst du ausruhen.

Mad. Citronelli (nimt Zulimen und führt sie bey der Hand hinein.)

Kommen Sie liebenswürdige Sclavin,

Lelio (hält den Capitain zurück.)
Nur auf zwey Worte, Herr Capitaine.

Der Capitaine.

Vier, wenn Ihr wolt (zu dem Frauenzimmer) Steuert nur voran, ich komme gleich nach.

Vier=

Vierter Auftritt.

Der Capitaine, Lelio.

Lelio.

Sie wollen sich also einige Zeit hier aufhalten, Herr Capitaine?

Der Capitaine.

Nachdem der Wind weht, lieber Mann.
Der verdammte Corsar hat mich von meiner
Fahrt abgebracht. Ich will noch diese Nacht
eine Chaluppe mit einigen Waaren abschicken,
die an Ort und Stelle müssent Die Fregatte des Corsaren und was ich sonsten von ihm
erbeutet, denke ich hier zu verkaufen, und
dann stech ich wieder in See.

Lelio (stotternd.)

Und . . . die . . . junge . . . . Sclavin?

Der Capitaine.

Die junge Sclavin? . . . Vor die will
ich sorgen. Ihr seyd neugierig, wie es
scheint, Herr Lelio.   Lelio.

Lelio.

Ganz und gar nicht . . . Und . . . ist sie denn auch wirklich Ihre Sclavin?

Der Capitaine.

Das meyn' ich, beym Blitz! Sie ist eine gute Prise, dafür steh ich Euch. . . . Der Corsar, dem ich sie abgejaget, hat sein Leben darüber verloren. Ich habe alles niederhauen lassen, was auf dem Schiff war, und nichts behalten, als die Fregatte, die Ladung und Zulimen.

Lelio.

Und Zulimen . . . . . Und Sie bedienten sich vielleicht Ihrer Rechte als Ueberwinder gegen Sie?

Der Capitaine.

Pfuy! junger Mensch, so was müßt Ihr von mir nicht denken.

Lelio.

Lelio.

Aber ein' schönes junges Mädchen —
allein, auf dem Schif — in der Gewalt des
Ueberwinders ... O! mein lieber Capitaine —

Der Capitaine.

Sagt mir nichts davon Lelio; es ist ein
ehrliches Mädchen.

Lelio.

Ehrlich? - - - Aber der Corsar?

Der Capitaine.

Beym Blitz! der Corsar hat sich den
Appetit wohl vergehen lassen. Er hatte sie
ihren Eltern geraubt und für das Serail des
Grosmoguls bestimt.

Lelio.
Des Grosmoguls?

Der

Der Capitaine.

Ja; und ich versichere euch, daß das
Mädchen tugendhaft ist.

Lelio (entzückt.)

Tugendhaft? O! Ihre unschuldige Mie-
ne zeigt es an.   Wie glücklich bin ich!

Der Capitaine.

Was habt Ihr vor? Ich glaub Ihr seyd
verrückt.

Lelio.

Tugendhaft und schön! - - - Sagen Sie
mir doch, aus was für einem Lande sie ist?

Der Capitaine.

Ihr seyd wahrhaftig neugieriger als ich;
das weiß ich selbst nicht.   Das gilt mir
auch gleich; wenn man tugendhaft ist, so ist
man überall zu Hause.

Lelio.

Lelio.

Allerdings, und sie vereinigt in ihrer Person alle die Vollkommenheiten, die man in jedem Lande an dem Frauenzimmer bewundert.

Der Capitaine.

Wozu dienen aber alle die Fragen? Was laviert ihr lange; steuert grade vor Euch hin, und sagt was Ihr wolt.

Lelio.

Nein so giebt es keine Schönheit mehr, sie ist ein Meisterstück der Natur.

(Quel labbro, quel bocchino.)

Was man schönes je gefunden
Hat die Liebe hier verbunden.
Wie die schwarzen Augen glühen!
Wie die rothen Wangen blühen!
Und ihr Busen — Welche Pracht!
Welch ein Anstand in den Mienen!
So ist Venus einst erschienen,
Als sie Mars verliebt gemacht.

Haar

Haare, die in Locken wallen,
Lippen, röther als Corallen;
Und ein Fuß, so zart so fein ——
Venus kan nicht schöner seyn.

Der Capitaine.

Der Mensch ist ein Narr; ich weiß nicht,
was ich von ihm denken soll.

Lelio.

Finden Sie nicht, daß ich sie nach dem Leben gemahlt habe?

Der Capitaine.

Ja, ja; aber der Mahler scheint ein Schmierer zu seyn. Ich glaube wahrhaftig, Lelio, Ihr habt den Verstand verloren, seitdem ich nicht hier war.

Lelio.

Sie haben nicht ganz Unrecht; seitdem ich Zulimen, Ihre Sclavin, gesehen habe, bin ich bis zur Narrheit verliebt.

Der

Der Capitaine.

Was! bey allen Wettern! in meine Sclavin verliebt, ohne zu wissen, ob ich - - -
oder - - - Blitz und Hagel! Glaubt Ihr ich
hätte das Mädchen für Euch gekapert?

Lelio.

Verzeihen Sie mir, es würde ein Verbrechen gewesen seyn, es Ihnen länger zu
verbergen. Ausserdem habe ich nicht glauben
können, daß Sie selbst Absichten auf Sie haben möchten.

Der Capitaine.

Jawohl Absichten; aber keine andere als
ehrliche.

Lelio.

Aber könnten Sie sie wohl besser versorgen,
als wenn Sie sie mir überliessen.

C   Der

Der Capitaine.

Euch überlaſſen? Euch? unſinniger junger
Menſch! Und was gedenkt Ihr aus ihr zu
machen?

Lelio.

Sie ſoll es gut bey mir haben. Bedenken
Sie ſich nicht lange Herr Capitaine. Ich
will ſie Ihnen gut bezahlen; ich gebe Ihnen
was ſie verlangen.

Der Capitaine.

Bezahlen? Pfuy! Meynt Ihr, daß ich mit
Menſchen handele? Das iſt ein vermaledeyter
Handel. Lieber wolte ich ſie Euch ſchenken.

Lelio.

Schenken? Ich halte ſie beym Wort, Herr
Capitaine. Sie machen mich durch dieſes
Geſchenk zum glücklichſten Menſchen von
der Welt.

Quel

(Quel cagnolin fedele.)

O! wie will ich Sie streicheln!
Dankbarlich, ohne Heucheln,
So wie ein Hündchen schmeicheln,
Das seinem Herrn getreu,
Sich willig lässet plagen.
Er mag es schelten, schlagen,
Es rufen, von sich jagen,
Es bleibt ihm doch getreu.

Der Capitaine.

Ach das artige kleine Pudelchen! Apporte!
Apporte! das ist mir wohl ein rechter Hunds-
Vergleich. Lelio, Ihr entehret Euch; Zuli-
me ist eine Sclavin; bedenkt wohl was
Ihr thut.

Lelio.

Es ist alles bedacht und überlegt; es komt
nur auf Sie an, mich glücklich zu machen.
(Er fällt dem Capitaine zu Fuße.)

Der

Der Capitaine (hebt ihn auf.)

Hört Lelio, ich kenne das Mädchen noch nicht lange; aber sie scheint mir ein guter Narr zu seyn. Ich hatte Lust, sie gelegentlich Ihren Eltern wiederzubringen. Wenn Ihr mir aber versprecht, daß Ihr sie gut halten wolt, so will ich Euch mein Recht an Sie übertragen. Aber beym Blitz! wenn Ihr Sie nicht so haltet, wie - - -

Lelio (fält ihn um den Hals.)

O! dafür sorgen Sie nicht. (Er springt vor Freude, wie unsinnig herum.) Welch ein Glück! Welch ein Vergnügen! - - Mein Herz — Meine Dankbarkeit — O mein Freund! O Capitaine! —

Der Capitaine.

Lelio! Lelio! Euer Hirnkasten treibt vor den Wind! Hohlt ein! Hohlt ein! eh' Ihr das Steuer gar verliert.

Fünf=

Fünfter Auftritt.

Der Capitaine, Lelio, Zulime, Mad. Citronelli.

Mad. Citronelli.

Wo bleiben Sie denn, Herr Capitaine? Wir erwarten Sie mit Ungeduld.

Der Capitaine (zu Mad. Citronelli.)

Nur noch einen Augenblick; ich komme gleich. (Zu Zulimen) Komm her Zulime. (Er nimt sie bey der Hand) Du bist ein armes verlassenes Mädchen; ich habe dich aber lieb gewonnen und ich will dich versorgen.

Zulime.

Sie wollen mich also wieder zu meinen Eltern schicken? Ach mein wehrtester Gebieter!

C 3

Der

Der Capitaine.

Ich war es willens; ich glaube dich aber
hier eben so gut versorgen zu können.   Höre
zu - - - Und Ihr Lelio schreibt.   (Er dictirt
und Lelio setzt sich an den Tisch, worauf er
vorher mit Mad. Citronelli gespielt hat,   und
schreibt.)

(Il Capitano Astrubale.)

Kund sey heut jedermann:
Ich Hercules Piratino,
Nachdem ich eine Fahrt gethan,
Bis ans Cap von Sardo:
Ließ mich durch Bitten lenken,
Nach reiflichem Bedenken,
Als Eigenthum zu schenken,
Zulime — dem Lelio.
Nim hin Zulimen, sie ist dein.
Möchts euch nach Wunsche gehen!
Gieb her und laß mich sehen
          (Er unterschreibt es)
So wirds in Ordnung seyn!
    (Er giebt das Papier dem Lelio.
                                    Mad.

Mad. Citronelli (bey Seite.)
Der Bösewicht!

Der Capitaine.
Nun ihr Kinder, gebt einander die Hände.

Zulime (fält ihm zu Füßen.)
Ach! mein Herr, womit habe ich Sie beleidigt?

Der Capitaine (zu Zulimen.)
Wie? Du bist mit dieser Heyrath nicht zufrieden?

Lelio.
Heyrath? Davon habe ich kein Wort gesagt.

Zulime (zum Capitaine.)
Sie verhandeln mich unbarmherzigerweise - - -

Der Capitaine (zum Lelio.)
Wie? Was? Ihr wolt sie nicht heyrathen?

Lelio.

Lelio.

Das kann vielleicht einmal geschehen, aber. - ; .

Der Capitaine.

Blitz und Hagel! mit eurem aber; wenn Ihr sie nicht heyrathen wolt, so bleibt Zulime bey mir!

Mad. Citronelli.

So macht er es mit allen Frauenzimmern, der Bösewicht!

Der Capitaine (zu Mad. Citronelli.)

Hat er Sie auch auf diese Art betriegen wollen? (zum Lelio) Nicht so junges Herrchen. Zulime ist zu gut dazu eure Sclavin zu seyn. (zu Zulimen) Sey nur zufrieden Zulime; du bleibst bey mir.

Lelio.

Lelio.

Herr Capitaine ich halte Sie bey Ihrem Wort, die Schenkung ist in gehöriger Form geschehen.

Der Capitaine.

So? Nun ich erkläre sie hiemit für null und nichtig. (Er reißt ihm die Schenkung mit Gewalt aus der Hand und zerreißt sie.)

Mad. Citronelli.

Nun bin ich gerächt.

Lelio.

Wissen Sie, Herr Capitaine, daß Zulime nicht mehr Ihre Sclavin ist? Sie ist in einem freyen Lande und also frey.

Der Capitaine.

Schlag der Hagel in eure Topmasten! Mein Schif soll mir leck werden, wenn Ihr Sie bekommt! (zu Mad. Citronelli (Gehen Sie

C 5 mit

mit ihr hinein, Madame; ich komme den
Augenblick wieder.

Lelio.
Mein lieber Capitaine - - -

Der Capitaine.
Geht, ich mag Euch nicht mehr vor Augen
sehen. (Er steigt in sein Schif.)

Lelio (zu Zulimen.)
Liebste Zulime!

Zulime.
Lassen Sie mich gehen.

Lelio (zu Mad. Citronelli.)
Meine wehrteste Madame —

Mad. Citronelli
(spöttisch mit einer Verbeugung.)
Ich empfehle mich, Herr Lelio.
(Lelio geht langsam ab.)

Sech-

Sechster Auftritt.

Zulime, Mad. Citronelli.

Mad. Citronelli.

Wenn nur die beyden Leute kein Unglück anfangen! Lelio ist lebhaft, und der Capitaine scheint nicht viel vertragen zu können.

Zulime.

Seyn Sie wegen dem Capitaine ohne Sorgen, der ist dem Lelio wohl noch gewachsen. Ach! meine liebe Madame, bin ich nicht ein recht unglückliches Mädchen?

Mad. Citronelli.

Warum das, mein Kind? der Capitaine scheint mir ein großmüthiger Mann zu seyn.

Zulime.

Eine schöne Großmuth, mich dem ersten Besten zu überlassen. Ich muß meinem Unglück ein Ende machen; mein Entschluß ist gefaßt.

Mad.

Mad. Citronelli.

Und was gedenken Sie zu thun?

Zulime.

Das werden Sie mit der Zeit schon er=
fahren.

(Una semplice Agnolette.)

Ohne Schutz, voll Angst und Schrecken,
Irrt ein Lamm durch Feld und Hecken,
Wenn der Schäfer es vermißt:
Ganz verlassen sucht es dann,
Wo es Zuflucht finden kann.
Doch wenn sich ein Wolf läßt sehen,
Wie kans seiner Wuth entgehen?
    Es wird mit Zagen,
    Das Leben wagen.
Sein Herz bebt —— Es nimt die Flucht.
Dieses Räthsel zu verstehen,
Darf man nur genauer sehen,
Wer das arme Lämchen ist.

                   Mad.

Mad. Citronell.

Sie müssen gute Hofnung haben; wer weiß ob nicht die Zeit, die Gedult —

Zulime.

Ich hoffe ·und erwarte nichts, als was Muth und Herzhaftigkeit mir gewähren können. Gute Nacht, meine liebe Freundin!

Siebenter Auftritt.

Mad. Citronelli.

Das arme Kind dauert mich. - · - Aber die Wahrheit zu sagen, ich würde nicht verdrießlich darüber seyn, wenn wir sie hier los wären. Vielleicht würde alsdann Lelio wieder zu mir zurück kommen. Der Betrüger! — O! wenn ich mich an ihm rächen könnte. — Aber wie soll ich es anfangen? — Die verdammten Mannsleute können sich so vielerley Waffen gegen uns bedienen, und wir mögen

mögen es machen, wie wir wollen, so ziehen
wir allemal den kürzern.

(Siam di Cor tenero.)

Man spricht doch immer,
Vom Frauenzimmer,
Wir wären voller List:
Und was noch ärger ist,
Wir wären Schlangen und noch viel mehr.
So von uns denken,
Das muß uns kränken.
Denn wir sind alle,
Ganz ohne Galle.
Ihr guten Frauen,
Dürft nicht mehr trauen,
Ihr müßt euch rächen; es kränkt zu sehr!

(Der Capitaine kommt wieder vom Schif zurück.)

Doch hier kommt der Capitaine. Er ist
ein wenig ungestüm, aber bey dem allen
scheint er eine ehrliche Haut zu seyn . . .
Er macht nicht viel Umstände, und gerade

so

so möchten wir die Mannsleute gern haben.
Man darfs aber leider nicht sagen.

Achter Auftritt.

Mad. Citronelli, der Capitaine.

Der Capitaine
(zu einem Bootsknecht der ihm folgt.)
Dieses Kästgen ist vor Zulimen. (zu einem
andern der einen großen Sack trägt.) Trage
diesen Sack in der Madame ihre Speisekams
mer.

Mad. Citronelli.
Was ist denn in dem Sack?

Der Capitaine.
(winkt den Matrosen, daß sie gehen sollen.)
Nichts ... Einige Pfund Caffe von Mocca.

Mad. Citronelli.
Einige Pfund? ... In einem ungeheuren
Sack? Wolten Sie aber wohl die Gütigkeit
haben,

haben, mir vor allen Dingen zu sagen, was
er kostet.

Der Capitaine.

Was er kostet? . . . (Nimt sie bey der Hand)
Sie werden sich die Mühe geben ihn zu bren-
nen, zu mahlen, zu kochen und wenn es Ihnen gefällig ist, dann und wann mit mir davon zu trinken. (Er sucht in seiner Taschen)
Apropos! Sehen Sie hier diese schöne orien-
talische Perlen, die will ich Ihnen auf Ab-
schlag der guten Bewirthung geben, die ich
bey Ihnen zu genießen hoffe.

Mad. Citronetti.

Perlen? . . . Güte Perlen . . . Ey!
mein Herr, bedenken Sie ──

Der Capitaine (spottet ihr nach.)

Bedenken Sie . . . Was ist dabey zu bedenken? Es sind ein paar lumpigte Perlen, weiter
nichts; und die schenke ich Ihnen aus Freundschaft.

Mad.

Mad. Citronelli.

Aus Freundschaft?

Der Capitaine.

Ja doch aus Freundschaft und wenn Sie wollen gar aus Liebe.

Mad. Citronelli.

Aus Liebe? (vor sich, den Finger auf den Mund legend) Das geht gut!

Der Capitaine.

Was braucht es viel Lavierens, wenn man guten Wind hat. Beym Blitz! Madame, Ihre Augen - - - Die haben ein Feuer - - - wie das St. Elmen-Feuer, das von weitem anzündet, ohne daß man im Stande ist, es zu löschen. (Er umarmt sie) Und ich merke, daß mein Schif gerade auf die Sandbank Ihrer Schönheit zusteuert.

D   Mad.

Mad. Citronelli.

Holen Sie ein, Herr Capitaine, Sie
möchten auf einen Felsen stoßen und leck
werden.

Der Capitaine.

Auf einen Felsen? (comisch zärtlich) Also
werde ich nicht ankern können?

Mad. Citronelli.

(In Italia v'e lusanza.)

Von der Liebe mit uns sprechen,
Ist bey uns zwar kein Verbrechen,
Doch muß man bescheiden seyn.
Complimente, höflichs Bücken,
Zärtlichs Lächeln, Hände drücken,
Dis räumt man zur Noth noch ein.
Aber mit Gewalt uns zwingen,
Oder etwas abzudringen,
Dieses läßt man nicht geschehn.
Denn man muß erst ganz von weiten
Schritt vor Schritt zum Siege schreiten
So wird man uns willig sehn.
(während der Arie geht ein Bootsknecht aus
dem Hause und in das Schif.)

Der

Der Capitaine.

Nun ich will bitten, seufzen, schmeicheln; es verschlägt nichts, wie man seine Fahrt einrichten muß, wenn man nur in den Hafen kommt.   (Er will sie umarmen.)

Mad. Citronelli.
(ihn noch immer zurückstoßend.)

Nur gemach! Sie sind noch weit davon entfernt!

Der Capitaine.

So weit eben nicht mehr, wenn Sie wollen.   Im Ernst Madame, Sie haben mich zu ihrem Gefangenen gemacht; ich biete Ihnen meine Hand und Vermögen an.

Mad. Citronelli (bey Seite.)

Es wird Ernst. (laut) Sie erzeigen mir viel Ehre - - - Herr - - - Capitaine - - - aber - - -

Der

Der Capitaine.

·Ey nun, mein Vater war ein Kaufmann,
so wie der Ihrige auch. Wir sind einander
gleich. Frisch! die Liebe hat das Signal ge=
geben. Topp!

Mad. Citronelli.

Nicht so eilig, wenn ich bitten darf; die
Sache erfordert Ueberlegung.

Der Capitaine.
(Quando fara mia Spofa.)

Wenn ich zur Frau dich wähle,
Denn, glaub es, liebste Seele!
Folgt alles dem Befehle
Von dir nur ganz allein.
Wenn wir zu Schiffe gehen,
Dann wird die Flagge wehen,
Das Volk in Waffen stehen,
Und dir gehorsam seyn.
Dann drängt sich jederman herbey
Dann höret man das Lustgeschrei:

Es

Es lebe! Der uns commandirt!
Es leb sein Weib, die ihn regiert!
Vivat! sie leben lange Zeit,
Beglückt und voll Zufriedenheit!

Nun wie ist es? Werden sie die Segel
bald einziehen? Capituliren wie wir?

Mad. Citronelli (bey Seite.)

Ich will mich an dem Verräther Lelio rä=
chen. (laut) Ach Herr Capitaine, Sie sind
ein so guter Steuermann, daß Sie sich des
Steuerruders meiner Vernunft bemächtiget.

Der Capitaine.

Victorie! Victorie!

Mad. Citronelli.

Noch nicht ganz; noch einen Augen=
blick Gedult - - - Ich kann nicht läug=
nen Ihre Gemüthsart und ihre Treuherzig=
keit gefallen mir; aber das gefällt mir nicht,
wenn ich daran denke, daß Sie fast im=
mer abwesend seyn und in beständiger

D 3   Le=

Lebensgefahr auf dem Meer herum schweben
werden - - -

Der Capitaine.

Seyn Sie ausser Sorgen . . . Ich bin
schon seit langer Zeit willens meine Seefahr-
ten zu endigen, und wenn ich alle meine Güter an Land bringen lasse und zu Geld ma-
che, so können wir künftig ganz bequem davon leben.

Mad. Citronelli.

Und die Sclavin?

Der Capitaine.

Und Lelio?

Mad. Citronelli.

Von dem mag ich nichts mehr hören.

Der Capaine.

Von dem allen wollen wir jetzt nicht reden. Sie lieben mich also im Ernst?

Mad.

Mad. Citronelli.

Sie haben mich überwunden, Capitaine.

Der Capitaine.

Der Sieg hat mich doch Mühe gekostet.

Mad. Citronelli.

Desto rühmlicher ist er für Sie, und desto lieber werde ich Ihnen seyn.

Duett.

Mad. Citron.   O! gewis, das ist zum Lachen,
             Ich weiß wie's in Liebes = Sachen
             Officiers mit Wittwen machen.
             Nein, gewis, man fängt mich nicht.

Der Capit.   Glaub es mir, geliebte Seele
             Wann ich dich zur Frau nicht wähle
             Sterb' ich hier gleich auf der Stelle,
             Nein, beym Blitz! ich scherze nicht.

Mad. Citron.   Ich bin ruhig,
             Und warum?

Der Capit.   Nun warum?

                   Mad.

Mad. Citron.	Gütig, gütig, dir ergeben
	Es muß so kein Weibchen leben
	Auf zwölf Meilen hier herum.
Der Capit.	Und ich leyde;
	Und warum?
Mad. Citron.	Nun warum?
Der Capit.	Ich bin zärtlich, ohne Galle,
	Auf dem ganzen Erdenballe
	Läuft kein Mann wie ich herum.
	Liebstes Schätzchen!
	Kleines Kätzchen!
Beyde.	⎰Dein Herz stimmt mit meinem ein.
	⎱Kann mein Glück wohl größer seyn!

(Man hört ein Geräusch auf der See.)

Mad. Citronelli.

Was hör ich für ein Geräusch?

Der Capitaine.

Es werden einige Leute von meinem
Schif seyn, die sich fertig machen, mit der
Chaluppe abzusegeln, die ich nach Algier
schicken will.

Mad.

Mad. Citronelli.

Die Nacht kommt heran; es iſt Zeit, daß Sie ſich zur Ruhe begeben.

Der Capitaine.

So ſchlafen ſie dann wohl, und vergeſſen Sie Ihren Ueberwinder nicht, der künftig Ihr Sclave ſeyn wird.

Neunter Auftritt.

Madame Citronelli, Lelio, (geht auf und ab ſpaziren und läßt den Kopf hängen.)

Mad. Citronelli (vor ſich.)

Habe ich es nicht gedacht, daß die verzweifelten Mannsleute mir noch einmal einen Streich ſpielen werden. (Sie wird den Lelio gewahr) Gut! da iſt der andere (Sie ruft) He da! Junge! macht zu ; es wird Nacht.

D 3   Lelio.

Lelio.

Ha! Sind Sie da Madame?

Mad. Citronelli.

O! es war eine Zeit, wo Sie mich eher
würden bemerkt haben.

Lelio.

Verzeihen Sie; ich sehe und höre nicht
mehr; ich weiß gar nicht was ich thue.

Mad. Citronelli.

Sie wissen also auch nicht, wo sie hin-
gehen.

Lelio.

Nein, leider! . . . Wie bin ich zu beklagen!

Mad. Citronelli (spottet ihm nach.)

Nein leider! - - Wie bin ich zu beklagen.
(mit veränderter Stimme) Der Undankbare!

La

(La schiavetta à gli occhi neri.)
Blaue Augen, schwarze Hare,
Ist denn das so seltne Ware?
Ach Ihr flößt mir Mitleid ein!

Lelio.

O! Ihr Mitleid wird mir wenig helfen,
da es nicht aufrichtig ist.

Mad. Citronelli.

Ihr tragt dieser Sclavin Ketten,
Da sie kaum ans Land getretten,
Das heißt sehr beständig seyn!

Lelio.

Ist mir denn das nicht zu verzeihen?
Zulime ist so reizend!

Mad. Citronelli.

Sie versteht sich auf die Herzen;
Sie erweckt euch Liebesschmerzen.

Und

Und lacht über eure Pein. —
Und bey mir wirds auch so seyn.

(Sie geht bey den letzten Worten ins Haus, und
der Aufwärter im Caffehause schließt die
Thür zu.)

Zehnter Auftritt.

Lelio.

So mit mir umzugehen! Mich noch in
meinem Unglück zu verspotten: (Er sieht sich um
und wird gewahr, daß sie fort ist.) Die gan=
ze Welt verläßt mich. — Himmel! welch
ein trauriges Geschenk ist es, ein zärtlich
Herz zu haben! (Es wird Nacht.)

(Quando é folto „ quant' è cupo.)

Welche Plagen, welche Schmertzen,
Macht die Liebe meinem Herzen!
Aus den Ketten,
Mich zu retten;

Sollte

Sollte das nicht möglich seyn!
Du, o Schönste aller Schönen,
Bist die Ursach meiner Thränen
Flöß ich dir kein Mitleid ein?

(Er nähert sich dem Hafen und lehnt sich an
das Parapet.)

Eilfter Auftritt.

Lelio, Zulime.

(Zulime kommt durch eine andere Thür aus dem
Caffehause, geht einige Schritte vorwärts
auf das Theater und sagt mit leiser
Stimme.)

Dieses ist der günstige Augenblick. Der
Bootsknecht ist auf meiner Seite, und der
wird auch den Steuermann gewonnen haben,
der noch diese Nacht mit der Chaluppe des
Capitains absegelt. . . . Ich habe von
den Geschenken so viel behalten, als ich zu
mei=

meinem Unternehmen brauche ... Er iſt
mit nichts, als mit ſeiner lieben Caffewirthin beſchäftiget. (Sie geht einige Schritte
nach der See zu.) Ich muß eilen ... aber
ich zittere ... wer hält mich zurück! ...
die Stille und die Finſterniß, welche mich
umgeben, machen mir bange ... O Gott!
(Sie geht noch etwas weiter, kommt aber wieder zurück.)

(Care ſelve romite.)

Von jedermann verlaſſen,
Wo werd ich Zuflucht finden?
Wo will ich hin?
Ich weiß mich nicht zu faſſen!
In einem fremden Lande —
Wer wird mich ſchützen? —
Wo ſoll ich mich verbergen? —
Ich bin entkräftet - - -
Ich merk die Füſſe wanken - - -
Mein Herz will brechen - - -
Vor Angſt, kaun ich kaum ſprechen —

Bey

Bey Nacht — Wie darf ichs wagen —
Auf welchem Weg — Und wen kan ich hier
     fragen? —
Echo! Nur du rufst wieder
Sonst hör ich nichts. — Ich sinke nieder.
Götter! Hört mein Flehen!
Ach rettet mich,
Ich muß vergehen!
Hülf mir o Himmel!

Welche Unruh, Angst und Schrecken!
Da mich Nacht und Grausen decken.
Himmel! ach erhör mein Flehen;
Zeige jetzo deine Macht.
Laß mein thränend Auge sehen,
Daß ein Strahl von Hofnung lacht.

Was verweile ich länger? — Ich habe
nichts zu verlieren und alles zu fürchten.
(Sie kommt dem Ufer immer näher und steht
nahe bey dem Lelio der bereits während der Arie
aufmerksam umher gesehen hat.) Aber die Chaluppe kommt nicht. — Wie fürchterlich ist
        das

das Meer bey der Nacht — (man muß das
Rauschen des Meeres in der Ferne hören.)
Aber für mich ist es nicht fürchterlich; ich
werde meine Freyheit auf demselben fin=
den. — Aber wenn durch ein neues Un=
glück — Ach Gott! (das Geräusch wird stär=
ker und die Chaluppe nähert sich. Der Schiffs=
junge und ein Matrose legen ein Brett über
Bord. Zulime will eben herüber gehen, als
Lelio sie von hinterwärts in die Arme schließt
und zurück hält. Zulime thut einen Schrey, der
Schifsjunge nimt das Brett zurück und die Cha=
luppe segelt ab.)

Lelio.

Was wollen Sie thun, Zulime?

Zulime.

Ach ich Unglückliche! . . . Jetzt ist es
um mich geschehen! (Sie fält vor Schrecken
dem Lelio in die Arme.)

Lelio.

Lelio.

Zulime! ermuntern Sie sich, Zulime! ... Wo wolten Sie hin? Was machen Sie? ... Fürchten Sie sich nicht; ich bin Lelio; der unglückliche Lelio!

Zulime.

Der unglückliche Lelio? ... Ach Grausamer!

Lelio.

Reden Sie Zulime; was war Ihr Endszweck? ... Bey finsterer Nacht ... ganz allein ... Reden Sie, erklären Sie mir dis Geheimnis.

Zulime (lebhaft.)

Ich wolte mich Ihrer Tyrannei entziehen und mich auf ewig aus diesem Lande entfernen.

Lelio.

Sie wolten also auf dieser Chaluppe entfliehen; ohne Vorwissen des Capitains? —

E   Und

Und mich wolten Sie auf ewig unglücklich machen?

Zulime.

Nein, das hab ich nicht gewolt. Ich wünsche Ihnen nichts Uebels.

Lelio.

Sie wünschen mir nichts Uebels; und Sie wissen nicht, daß mir kein grösser Unglück wiederfahren könnte, als sie zu verlieren. Schönste Zulime, lassen Sie sich von der Aufrichtigkeit meiner Gesinnungen überzeugen. Bleiben Sie, geben Sie mir Ihre Hand und machen Sie mich glücklich.

Zulime.

Meine Hand? Ja die haben Sie schon einmal von mir verlangt, aber mit Sclavenketten gefesselt.

Lelio.

Lelio.

Ach Zulime! Reden sie nichts mehr von Sclavin und von Ketten. Sie sind frey und ich fühle nur zu sehr, daß ich jetzt der Sclave bin, der Ihre Ketten trägt.

Zulime.

Das ist der gewöhnliche Ton; laſſen Sie mich Lelio!

Lelio.

Nein Zulime, ich schwöre es Ihnen, daß meine Liebe aufrichtig iſt. Werden Sie meine Gattin und ſeyn ſie glücklich. Wollen Sie Ihr Vaterland wiederſehen, ſo gebe ich Ihnen mein Wort, Sie dahin zu führen. Widerſetzen Sie ſich nicht länger der zärtlichſten Liebe, die je ein Menſch für Sie empfinden kan.

Zu

Zulime.

Ich habe mich nicht sowol Ihrer Liebe, als ihrem unerlaubten Verfahren zu wider= setzen gesucht.

Lelio.

Meine Reue wird das Vergangene wie= der gut machen.

Zulime.

Hören Sie Lelio; Haben Sie Herz ge= nug Ihr Vaterland zu verlassen, und mir zu folgen?

Lelio.

Ich folge Ihnen bis ans Ende der Welt.

Zulime.

Ich verlasse mich auf Sie; hier haben Sie meine Hand.

Duett.

Duett.

(Lelid mio caro.)

Zulime.

Es ist entschieden; nimm meine Hand.

Lelio.

Ich bin zufrieden mit diesem Pfand.

Zulime.

Sind deine Triebe auch wahre Liebe?

Lelio.

Die reinste Liebe.

Zulime.

Solt ja die Reue,
Mir deine Treue,
Dereinst entziehen,
So laß mich fliehen
Und bleib zurück.

Lelio.

Zulime, höre
Was ich dir schwöre:

E 3   Mein

Mein ganzes Leben,
Will ich dir geben.
Nur dich zu lieben,
Schätz ich für Glück.

Zusammen.

Laß uns zu Schiffe gehen,
Die besten Winde wehen;
Komm alles ist bereit.
Wir werden uns bald sehen
In Ruh und Sicherheit.

Zwölfter Auftrit.

Der Capitaine, Mad. Citronelli, Lelio, Zulime, der Hausknecht.

(Der Capitaine kommt zuerst mit dem Licht in
der einen Hand, und dem Degen in der andern zum
Hause herausgelaufen, Mad. Citronelli hin-
ter ihm drein und zuletzt der Hausknecht
auch mit einem Licht.)

Der

Der Capitaine.

Halt! Zu Hülfe! Halt! . . .

Zulime.

Himmel! Der Capitaine - - - Ich bin verloren. (Sie geht mit Lelio dem Capitaine entgegen und wirft sich ihm zu Füßen.) Gnade, mein lieber Patron! Ich sterbe zu Ihren Füßen.

Der Capitaine.

Blitz und Hagel! Ihr lauft mir heimlich davon. (Er wird den Lelio gewahr) Und Lelio auch! Was zum Teufel ist das?

Zulime.

Hören Sie mich doch nur an - - -

Der Capitaine.

Was hören! . . . Läuft man so bey Nacht und Nebel davon?

Zu,

Zulime.

Ich habe entfliehen wollen, das ist wahr; aber die Liebe zu meiner Freyheit und zu meinem Vaterlande hat mich ganz allein dazu vermocht.

Der Capitaine.

Was habe ich dir gethan Zulime? Ist das der Dank dafür, daß ich dich so gut gehalten?

Zulime.

Ich bin von Ihren Wohlthaten aufs empfindlichste gerührt; aber die Gewalt, die Sie über mich haben, ist mir schimpflich und unerträglich. Sie konnten meiner vielleicht einmal überdrüßig werden und mich dem ersten dem besten verkaufen. Ich habe mich dagegen in Sicherheit stellen wollen.

Der

Der Capitaine.

Du haſt mich ſchlecht gekannt. (Er hebt ſie auf) Und wie komt Lelio hieher?

Zulime (zitternd.)

Ich fand ihn dort an dem Hafen in der gröſten Verzweiflung; ſeine Reue ſchiene mir aufrichtig zu ſeyn; ich - - - ich - - habe ihm endlich verſprochen - - -

Der Capitaine (zum Lelio.)

Iſt das wahr?

Lelio.

Ja, es iſt wahr, Hr. Capitaine; ich ha= be ihr Wort erhalten.

Der Capitaine.

Das iſt doch wunderbar! (Nach einer kurzen Ueberlegung) Ihr ſeyd ein paar närri= ſche Leute. Meinetwegen; ich bin es zufrie=

den;

den; Bleibt bey mir, ich verzeihe euch, und will euch mit einander vereinigen.

Lelio (fält ihm um den Hals.)

Ach mein liebster Freund!

Zulime.

Ach! mein werthester Herr ──

Der Capitaine.

Wißt ihr was, heyrathet ihr einander und ich will auch heyrathen. (Er nimt Mad. Citronelli in den Arm) Seht hier meine Braut. Ihr werdet sie mir doch abtreten, Lelio?

Lelio.

Von Herzen gern.   Ich hoffe, Madame Citronelli wird mir meine Untreue verzeihen und meine Freundin bleiben.

Chor.

Chor.

Lelio.

Ach welche Freude!

Der Capitaine.

Umarmt euch beyde;
Zwey Herzen zu beglücken,
Die sich zusammen schicken.
Das ist die gröste Lust.

Zulime (zum Capitaine.)

Stets werd ich daran deuken,
Was Sie mir heute schenken.
Stets danket meine Brust.

Lelio (zum Capitaine.)

Verzeihet mein Vergehen,
Es ist aus Lieb geschehen.
Bleibt stets mein guter Freund.

Mad. Citronelli.

Die Lieb ersetzt das Leiden,
Mit tausendfachen Freuden;
Wir leben jetzt vereint.

Lelio.

Lelio (zu Julimen.)

Jetzt werd ich frölich können,
Dich meine Gattin nennen.
Du wirst die Meine seyn.

Alle.

Kein Unfall muß uns kränken,
Das Glück weiß es zu lenken,
Wir laufen eh wirs denken,
Oft in den Hafen ein.

Abhandlung von den Rebenftichern, drey Preiss
schriften, von welchen die erfte den Preis,
die zwepte das Accessit erhalten. Eine Fortfetzung
von denen im Jahr 1767 von der Churpfälzischen
Academie gekrönten Preisschriften, 1771. 8. 15kr.

Bemerkungen der Churpfälzischen Physikalisch-
ökonomischen Gesellschaft vom Jahr 1769.
Zwepte Auflage 1770. 8.   40 kr.

— Vom Jahr 1770. 2 Theile mit Kupfern 1771.
8.   1 fl 54.

— Vom Jahr 1771 unter der Preffe.

Beyträge zur Sittenlehre, Oekonomie, Arzeney-
wissenschaft ꝛc. ꝛc. 1ftes Stück 1770. 8. 15kr
— Zweptes Stück 8. 1772.   20 kr.

Calender (neumodischer) für ein ganzes Jahrhundert
zum nützlichen Gebrauch der gesammten deutschen
Nation 16. 1773.   6 kr.

Catonis (Dionysii) Disticha moralia, mit deutschen
Verfen erkläret von L. C. Rühl, 1766. 8. 12 kr.

Hirtenbrief Sr. Hochfürftl. Gnaden des Bischofs von
Speyer an feine Geistliche, nebft der Anweifung
für die Missionarien, 1772. 4.   20 kr.

Hof (Chrift.) Beschreibung einer neuerfundenen
Handmühle, deren man sich im Fall der Noth

)(aus

aus Mangel des Wassers in einer Haushaltung,
besonders in Vestungen und bey Belagerungen,
wie auch auf Freyadlichen Mayerhöfen und in
Brandwein-Brennereien mit Nutzen bedienen kan;
mit Kupfern, 4. 1767.   12 kr.

Lehrbegrif sämtlicher ökonomischen und Cameralwissenschaften 1ster Band mit Kupfern vermehrte
und verbesserte Auflage, 4. wird neu gedruckt.

Anhang zu dem ersten Theil des Lehrbegrifs sämtlicher ökonomischer und Cameralwissenschaften, 4.
1772.   24 kr.

Lehrbegrif sämtl. ökonom. 2c. 2c. 2ten Bandes 1ster
Theil 1770. 4.   1 fl 15 kr.

Medicus (Fridr. Casimir) von dem Bevölkerungs-
Zustand in Churpfalz, besonders in Mannheim,
8. 1769.   20 kr.

Müllers (Georg Fridr. Ludw.) geistliche Lieder und
Lobgesänge in Nachahmungen der PsalmenDavids,
1770. gr. 8.   20 kr.

Pfannenschmids (A.) practische Abhandlung von
der Färberröthe, oder Grapp, nebst einer aus-
führlichen Berechnung, daß die neue Methode,
die Wurzeln frisch zum Färben zu brauchen, einem Färber nicht nützlich sey, 1769. 8.   8 kr.

Regierungsform (alte und neue) des Königreichs
Schweden, nebst einem kurzen Vorbericht von
A - - - k. 1772. 8.   15 kr.

Reineder (Rud.) gründliche, durch sichere Berechnun-
gen erwiesene Wiederlegungen der gegen die
Verbesserung der Landwirtschaft gemacht werden-
den Einwendungen, 1771. 4.   15 kr.

Der

Riem (Johann) verbesserte und geprüfte Bienenpfle-
ge zum Nutzen aller Landes-Gegenden, mit Kupfern, 1771. 8.   30 kr.

Schauspiele.

Die Bürgerschule, ein Lustspiel aus dem Franz.
1771. 8.   15 kr.

Der Deserteur, eine Operette, 1770. 8.   20 kr.

Der Deserteur, ein Schauspiel, aus dem Franz.
des Hn. Mercier 1771. 8.   20 kr.

Der Dürftige, ein Schauspiel von eben demselben,
1772. 8.   24 kr.

Eugenie, ein Schauspiel aus dem Franz. des Hn.
Beaumarchais 1768. 8.   16 kr.

Das redende Gemälde, eine Operette. 1771. 8. 16 kr.

Die Jagdlust Heinrich IV. ein Lustspiel, 1769. 8. 20kr.

Der Kaufmann von Smyrna, eine Operette,
1771. 8.   15kr.

Das Milchmädchen, eine Operette, 1770 8.   12 kr.

Komische Opern für die Churpfälzische Schau-
bühne erster Theil, enthält, 1) das Milchmädchen
2) der Deserteur, 3) das redende Gemählde,
4) der Kaufmann von Smyrna, mit einem be-
sondern Titelkupfer, 1771. 8.   1 fl.

Der zweyte Theil enthält: Röschen und Colas;
Tom Jones, der Soldat als Zauberer; Die Sclavin und der grosmüthige Seefahrer, 1773.   1 fl.

Röschen und Colas, eine Operette, 1771. 8.   16kr.

                                               Die

Der Soldat als Zauberer, eine Operette, 1772. 8.
12 kr.

Die Sclavin und der grosmüthige Seefahrer,
1773. 8. 12 kr.

Die Stärke der väterlichen Liebe, ein Schauspiel,
1770. 8. 16 kr.

Tom Jones, eine Operette, 1771. 8. 20 kr.

Seelmann (Andr.) Lob und Trauerrede auf Franz
Christoph von Hutten, Priester Cardinal und Bi-
schoff von Speyer, 1771. 4. 15 kr.

Sendschreiben eines Landpriesters, an die Hn. Ver-
fasser der gelehrten Zeitungen, Bibliothecken ꝛc. ꝛc.
1769. 8. 8kr

Le Suedois exilé, ou lettres curieuses & amusan-
tes, trouvées dans le portefeuille d'un Suedois,
1767. 8. 30 kr.

Tissots Anleitung für den gemeinen Mann, oder
gemeinnütziges Hausarzeney-Buch, mit allen Zu-
sätzen und einem neuen Anhang vermehrte Auflage, nebst dem Preise der Medicamenten, nach
hiesigem und Hamburger Geld 1772. 8. 1fl. 45kr

Der Unsichtbare, eine Wochenschrift, neue Auflage
2 Theile 1769. 8. 2fl. 24 kr.

Wolfs (J. H. K.) Abhandlung von der Pflicht durch
Einpfropfung der künstlichen Blattern, den
natürlichen zu entgehen, 1768. 8. 12 kr.